PHANTOM

DE ROLLS-ROYCE

Un libro de Las Ramas de Crabtree

Tracy Nelson Maurer
Traducción de Santiago Ochoa

CRABTREE
Publishing Company
www.crabtreebooks.com

Apoyos de la escuela a los hogares para cuidadores y maestros

Este libro de gran interés está diseñado con temas atractivos para motivar a los estudiantes, a la vez que fomenta la fluidez, el vocabulario y el interés por la lectura. Las siguientes son algunas preguntas y actividades que ayudarán al lector a desarrollar sus habilidades de comprensión.

Antes de leer:

- *¿De qué creo que trata este libro?*
- *¿Qué sé sobre este tema?*
- *¿Qué quiero aprender sobre este tema?*
- *¿Por qué estoy leyendo este libro?*

Durante la lectura:

- *Me pregunto por qué...*
- *Tengo curiosidad por saber...*
- *¿En qué se parece esto a algo que ya conozco?*
- *¿Qué he aprendido hasta ahora?*

Después de la lectura:

- *¿Qué intentaba enseñarme el autor?*
- *¿Qué detalles recuerdo?*
- *¿Cómo me han ayudado las fotografías y los pies de foto a comprender mejor el libro?*
- *Vuelvo a leer el libro y busco las palabras del vocabulario.*
- *¿Qué preguntas me quedan?*

Actividades de extensión:

- *¿Cuál fue tu parte favorita del libro? Escribe un párrafo al respecto.*
- *Haz un dibujo de lo que más te gustó del libro.*

ÍNDICE

NO HAY DOS IGUALES

Las puertas del Rolls-Royce Phantom se abren como las puertas de un palacio rodante. En estos autos únicos, la tradicional calidad y la elaboración artesanal se unen con la tecnología avanzada y una comodidad digna de reyes. Cada auto está hecho a mano.

Alrededor de sesenta pares de manos ayudan a diseñar y fabricar cada Rolls-Royce Phantom en Goodwood, Inglaterra.

Los **usuarios** de Rolls-Royce generalmente piden muchas características personalizadas, por lo que es probable que no haya dos autos iguales. Por ejemplo, el Phantom **Coupé** Sweptail tardó cuatro años en hacerse, para un solo cliente. Personalizar no es barato. El Sweptail costó $12.8 millones de dólares.

Phantom Coupé Sweptail

El Phantom de cuatro puertas tiene un precio inicial de aproximadamente $464 000 dólares. La opción de base extendida entre ejes, que es 8.6 pulgadas (21.8 cm) más larga para proporcionar más espacio para las piernas en el asiento trasero, cuesta alrededor de $50 000 dólares más. Los clientes también pueden elegir opciones de coupé y convertible de dos puertas.

DE LUJO

Charles Rolls y Henry Royce se conocieron en 1904 y lanzaron su primer auto tres años después. El Phantom ha sido el vehículo **emblemático** de la empresa desde 1925. Henry creía que los autos Rolls-Royce «toman lo mejor de lo que ya existe y lo perfeccionan».

Charles Rolls

Henry Royce

Charles y Henry se interesaron desde el principio por los aviones y los automóviles. Comenzaron a hacer motores de avión en 1914.

Rolls-Royce todavía diseña y fabrica potentes motores para aviones, plantas eléctricas e investigaciones.

En 1910, Charles Rolls hizo el primer vuelo de ida y vuelta sin escalas sobre el Canal de la Mancha. La compañía Rolls-Royce pronto se hizo famosa por sus autos y aviones.

UN AVIADOR TERRESTRE

Ir a bordo de un Phantom se siente como volar en la tierra. El sistema Rolls-Royce de «vuelo en alfombra mágica» utiliza una cámara en el parabrisas para prevenir golpes *antes* de que ocurran. El sistema realiza millones de cálculos por segundo para lograr la conducción más fluida posible.

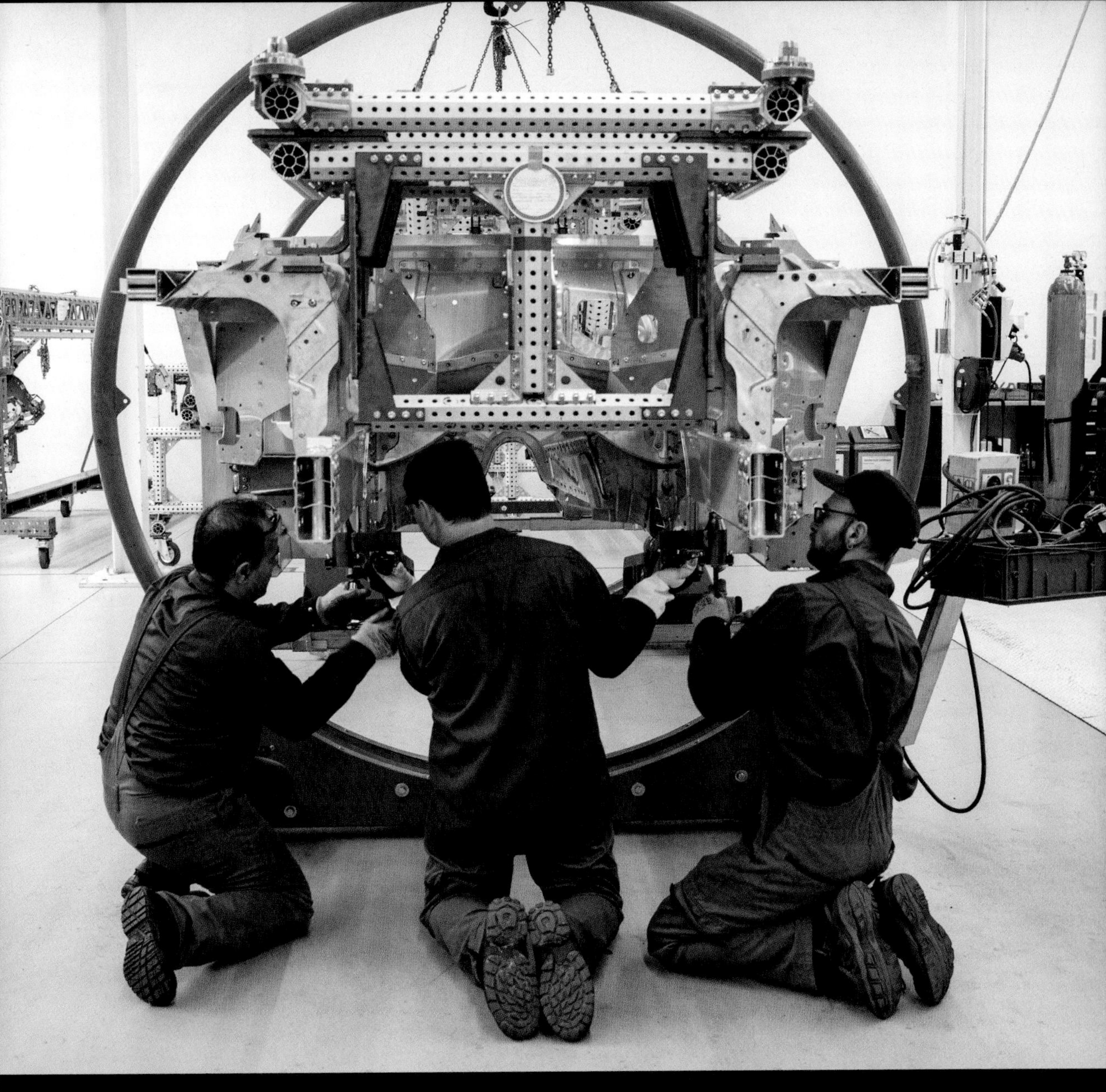

El chasis de estructura espacial de aluminio del Phantom crea una estructura rígida y liviana que gestiona arranques rápidos, paradas repentinas y giros suaves.

Los Phantom a menudo llevan a gente poderosa e importante. A veces eso significa paseos majestuosos y lentos entre multitudes. También significa escapes rápidos. El motor V12 biturbo del Phantom ofrece la potencia adecuada para ambas situaciones.

El Phantom alcanza su velocidad máxima a los 155 mph (250 km/h). Aunque es un automóvil grande, pasa de 0 a 60 mph (97 km/h) en 5.1 segundos.

¡SHHH!

En la década de 1950, un anuncio de la empresa decía: «El sonido más fuerte que se puede escuchar en un Rolls-Royce es el tic-tac del reloj». Ese sigue siendo el objetivo. La espuma gruesa y el fieltro entre las capas dobles de metal forman el capullo de la cabina del Phantom.

Más de 286 libras (130 kg) de aislamiento acústico y neumáticos con capas especiales de espuma ayudan a bloquear los ruidos de la carretera. La opción Suite Privada con una pantalla deslizable mantiene los secretos que se susurran en el asiento trasero a salvo de los oídos de los conductores.

El acabado especial en la superficie de los elegantes asientos de cuero del Phantom bloquea los sonidos, mientras los pasajeros se deslizan hacia una majestuosa comodidad. Los asientos traseros, ligeramente inclinados uno hacia el otro para facilitar las conversaciones, cuentan con mesas de picnic y pantallas de video ocultas detrás de paneles de madera hechos a mano.

Cada detalle importa en un Rolls-Royce. Por ejemplo, la consola central trasera contiene cristalería y un enfriador de bebidas. ¿Una agradable sorpresa? Un tubo dentro del marco de la puerta almacena un paraguas para condiciones climáticas inesperadas.

UNA GALERÍA RODANTE

Durante más de 100 años, la empresa ha coronado sus autos con una elegante escultura llamada «Espíritu de Éxtasis». Sus mantos sueltos como alas recuerdan los vínculos de la empresa con el vuelo.

Un antiguo proceso de escultura es utilizado para producir cada adorno de **acero inoxidable** del capó. Algunos clientes piden el adorno de 3 pulgadas (7.6 cm) bañado en oro o elaborado en cristal iluminado. Para mayor seguridad, el Espíritu de Éxtasis puede guardarse rápidamente en el compartimiento de almacenamiento del capó.

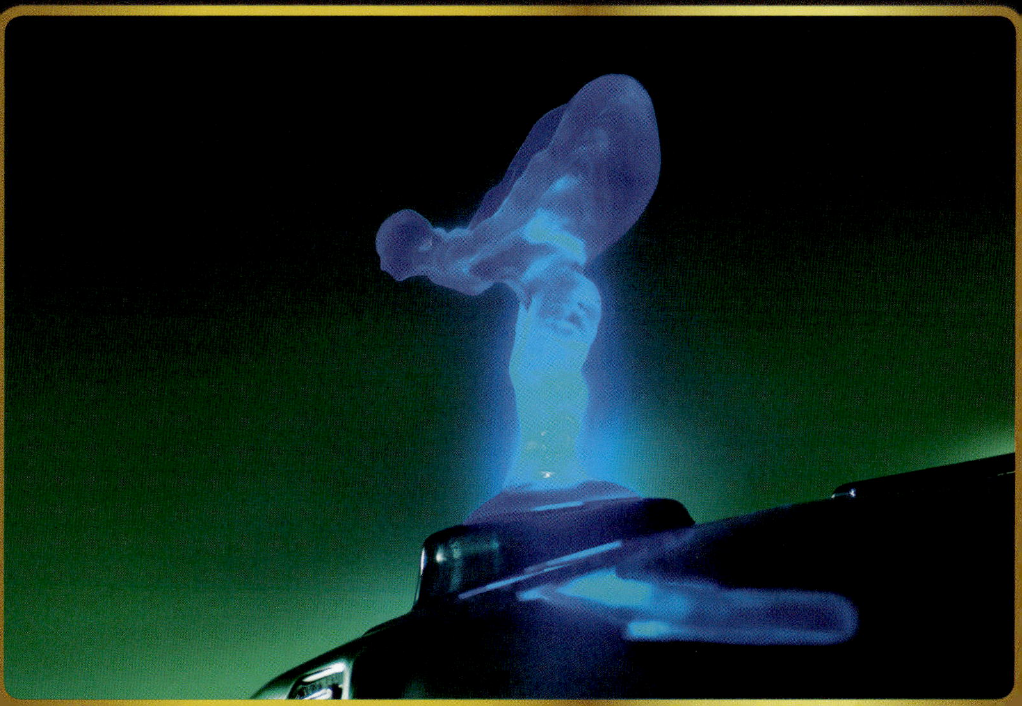

El Phantom presentó la primera galería de tableros del mundo. El propietario del automóvil contrata a un artista para hacer una pintura o escultura que encaje detrás del panel de vidrio. Un disco en la consola central gira la galería para revelar una gran pantalla de información y entretenimiento almacenada en el lado opuesto.

Las obras de arte hechas con seda, madera, metal y cuero pueden ser usadas para la exclusiva Galería Phantom.

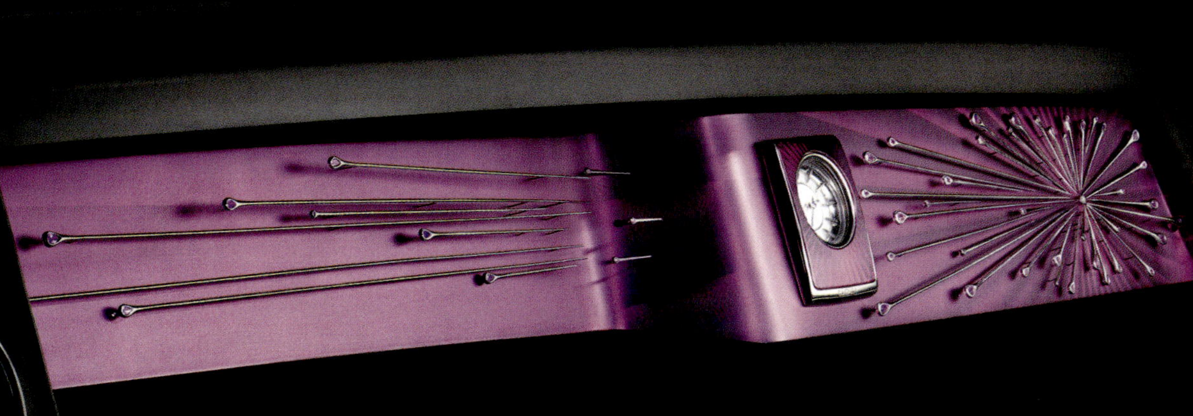

El arte del Phantom centellea en el techo opcional «luz de las estrellas». Más de 1 300 luces de **fibra óptica** brillan a través de pequeños agujeros en el revestimiento del techo de cuero, cada uno colocado a mano. El propietario elige un patrón único y un color, como el cielo nocturno de un día determinado en la historia. ¿El costo adicional? Un diseño básico cuesta alrededor de $12 000 dólares.

El techo «luz de las estrellas» se ajusta de una luz brillante de lectura a un brillo suave y relajante. Cada instalación toma más de nueve horas.

ELEGANCIA DE CONDUCCIÓN

El Phantom llama la atención. La gente reconoce de inmediato la forma del automóvil, especialmente su frente recto y sus rejillas de acero inoxidable pulido a mano.

Los logotipos con las dos «R» grabados en la parrilla añaden una pista más de que definitivamente se trata de un Rolls-Royce.

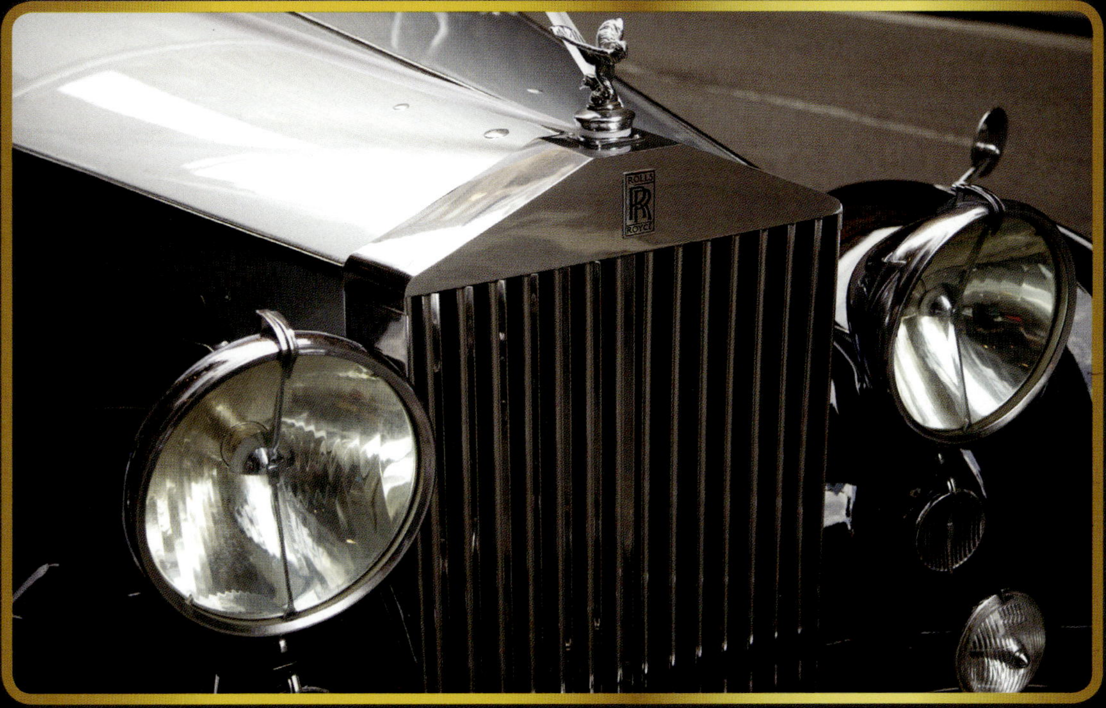

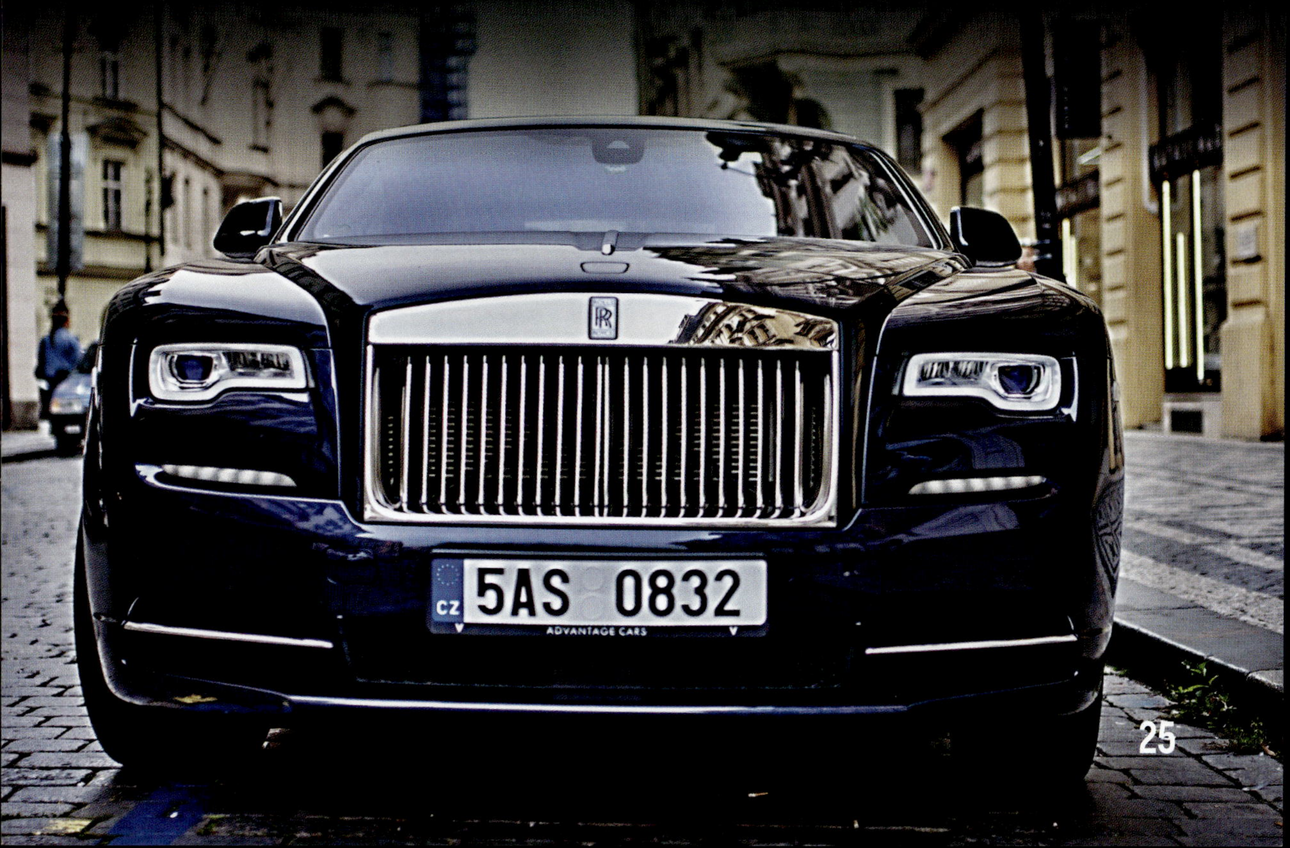
CZ
5AS 0832
ADVANTAGE CARS

El precio del Phantom hace que sea poco probable que alguna agencia gubernamental lo someta a una prueba de choque. Pero Rolls-Royce incorpora muchas características de seguridad avanzadas en cada vehículo, incluido un sistema para advertir a los conductores si se salen de un carril o si alguien camina delante del automóvil.

Un sistema opcional de luz láser brilla en la acera a más de 1 900 pies (600 mts.) adelante. La visión nocturna también está disponible.

rear
AUTO

LO MEJOR DE LO MEJOR

Rolls-Royce continúa dejando huella. Con el Cullinan 4x4, el «Rodante» más nuevo lleva el lujo fuera de la carretera por aproximadamente $330 000 dólares. Desde el Phantom de cuatro puertas hasta este dulce SUV, la compañía cumple la promesa de Henry Royce: lo mejor de lo mejor.

El Cullinan 4x4 lleva el nombre del diamante más grande jamás encontrado.

El Cullinan ofrece asientos adicionales para relajarse.

GLOSARIO

acero inoxidable Un metal fuerte, tratado, que resiste la oxidación.

chasis de estructura espacial Una estructura de tubos interconectados que sostiene la cubierta metálica exterior.

coupé Un automóvil de dos asientos con una línea de techo inclinada.

emblemático El vehículo principal o más importante de un grupo.

fibra óptica Cable de plástico o vidrio muy fino.

usuarios Clientes.

ÍNDICE ANALÍTICO

SITIOS WEB (PÁGINAS EN INGLÉS):

www.caranddriver.com/rolls-royce/phantom/specs

www.caranddriver.com/rolls-royce/phantom

www.rolls-royce.com/about/our-history.aspx

www.rolls-roycemotorcars.com/en_US/showroom/cullinan.html

ACERCA DE LA AUTORA

Tracy Nelson Maurer

Tracy Nelson Maurer ha escrito más de 100 libros de no ficción para jóvenes lectores. Vive en Minnesota, donde conduce felizmente una minivan.

Produced by: Blue Door Education for Crabtree Publishing
Written by: Tracy Nelson Maurer
Designed by: Jennifer Dydyk
Edited by: Kelli Hicks
Proofreader: Janine Deschenes

Translation to Spanish: Santiago Ochoa
Spanish-language layout and proofread: Base Tres
Print and production coordinator: Katherine Berti

Photographs: Cover: Logo graphic © Shutterstock.com/officeku, speedometer © Shutterstock.com/Panuwatccn, shiny car hood top left on cover and throughout book © Shutterstock.com/ Inked Pixels, Rolls-Royce cover photo ©Copyright BMW AG, Munich (Germany). All rights reserved, Title: ©Copyright BMW AG, Munich (Germany). All rights reserved, PG 4-5: ©COPYRIGHT BMW AG, MUNICH (GERMANY). ALL RIGHTS RESERVED, PG 6: Logo ©Copyright BMW AG, Munich (Germany, PG 7: Historic Rolls and Royce Photos. Archives at ©Copyright BMW AG, Munich (Germany), PG 8-9: ©IanC66 / Shutterstock.com, ©Karolis Kavolelis / Shutterstock.com (inset), PG 10: ©Benjamin Sibuet| Dreamstime.com, PG 11: Facilities ©Copyright BMW AG, Munich (Germany), PG 12: © Brian Scantlebury| Dreamstime.com, PG 13: ©COPYRIGHT BMW AG, MUNICH (GERMANY), ALL RIGHTS RESERVEDPG 14: © COPYRIGHT BMW AG, MUNICH (GERMANY) ALL RIGHTS RESERVED, PG 15: ©Jordan Tan| Dreamstime.com, PG 16-17: © COPYRIGHT BMW AG, MUNICH (GERMANY). ALL RIGHTS RESERVED, PG 18-19: ©COPYRIGHT BMW AG, MUNICH (GERMANY). ALL RIGHTS RESERVED, PG 19: ©VanderWolfImages| Dreamstime.com (top), PG 20-21: ©COPYRIGHT BMW AG, MUNICH (GERMANY). ALL RIGHTS RESERVED, PG 21: © Wirestock| Dreamstime.com, PG 22: ©COPYRIGHT BMW AG, MUNICH (GERMANY). ALL RIGHTS RESERVED, PG 23: ©Marcos Torres| Dreamstime.com, PG 24: ©COPYRIGHT BMW AG, MUNICH (GERMANY). ALL RIGHTS RESERVED, PG 25: ©Vivid Range| Dreamstime.com (top), ©Tadeas Skuhra / Shutterstock.com, PG 26-27: ©COPYRIGHT BMW AG, MUNICH (GERMANY). ALL RIGHTS RESERVED, PG 28: ©COPYRIGHT BMW AG, MUNICH (GERMANY). ALL RIGHTS RESERVED, PG 29: ©COPYRIGHT BMW AG, MUNICH (GERMANY). ALL RIGHTS RESERVED, © Mariusz Burcz| Dreamstime.com (bottom). Special thanks to BMW AG, MUNICH (GERMANY) for use of images to help teach children using nonfiction/editorial texts for reading improvement and car knowledge

Library and Archives Canada Cataloguing in Publication

Title: Phantom de Rolls-Royce / Tracy Nelson Maurer ; traducción de Santiago Ochoa.
Other titles: Phantom by Rolls-Royce. Spanish
Names: Maurer, Tracy Nelson, 1965- author. | Ochoa, Santiago, translator.
Description: Series statement: Autos de lujo | Translation of: Phantom by Rolls-Royce. | Includes index. | "Un libro de las ramas de Crabtree". | Text in Spanish.
Identifiers: Canadiana (print) 20210294191 | Canadiana (ebook) 20210294205 | ISBN 9781039613232 (hardcover) | ISBN 9781039613294 (softcover) | ISBN 9781039613355 (HTML) | ISBN 9781039613416 (EPUB) | ISBN 9781039613478 (read-along ebook)
Subjects: LCSH: Rolls-Royce automobile—Juvenile literature.
Classification: LCC TL215.R6 M3818 2022 | DDC j629.222/2—dc23

Library of Congress Cataloging-in-Publication Data

Available at the Library of Congress

Crabtree Publishing Company

www.crabtreebooks.com 1-800-387-7650

Published in the United States
Crabtree Publishing
347 Fifth Avenue
Suite 1402-145
New York, NY, 10016

Published in Canada
Crabtree Publishing
616 Welland Ave.
St. Catharines, Ontario
L2M 5V6

Printed in the U.S.A./092021/CG20210616